ことば——僕自身の訓練のためのノート

山口一郎

1

2002.2.3　　I

夜毎

月があるのとないのとではそれなりに何か違ってきます。たえず瞬く青春は涙となって流れ落ちまた今日も月を眺めて唸るのでした。特別お願いはしないけど今夜も月がでたならば月と僕との関係をあかしたっていいんだよ。

2002.4.6

クラゲとなって

もうすぐ僕はキラキラと、波打つ海のクラゲとなって、
さみしさ片手に月しょって、何も語らず流れては今日
も悩む独り言。

窓

見え隠れする三日月の先っぽに、僕の苦しみちょっとだけでも引っ掛けられたらどんなに楽かなと考えてたら、煙草の煙が目にしみて少し目を離した隙に雲が月を隠していました。

4

2002.6.2

ファン・ゴッホ

ひまわりが咲き僕は泣き、まあるい心の隅っこで静かに燻る青紫色。
たまにはちょっと君を思い、夜空の先へ行ってみようか。

LINDA

風が強い夜は静かに眠りにつけなくて、昨日思った幸せひとつ、いつか叶うと寝返りうって、しびれた腕を取り替えながら明日の風を待つんだ。

見てみろよ

なぜだろうね。夜になると枝の隙間で休む月が、僕にやさしく語りかけ、昨日までのかなしみなんて決してかなしみなんかじゃないんだと、まるで話し手なんか探してる風でもなく、ひらひらひらひら話すんだ。これだから僕は月に、もうやられちゃってんだよホント。

風の友達

静かに夜を過ごしたいのは、まぁそれはその通りだが
別に一人でとは言いません。風が口笛吹いて僕を誘う
理由を、夜更考えているのですが、それは寂しそうに
親指くわえ月を眺める僕を、少しでも変えようとして
くれる優しさなのだと、ふと気づいたのです。

月の椅子

遠い昔あこがれていた、理想の自分になれたかな。きっとそれは季節の分かれ目のように、非常に微妙でそれでいて難しい。かなしみの階段をかけ上りようやく見えた月の長椅子は、まだまだ手の届かぬ理想郷だったりする。

猫と「あくび」

眠らなきゃならないのに眠れない夜の独り言は、淡々と仕事をこなす図書館司書のように冷たい。あくびをするたび目が冴えてくるのは、それは涙のせいなのだが、涙のせいではナイノカモしれない。僕の骨に染み入った普遍的で、尚且独自的な感情の回転板はグルグルグルグルグル回り、今日もまた一人で眠るんだ。家に猫がいないのは寂しい。

コーヒー

手間ひまかけて育てた青春は、月明かりでその姿を明確にする。青き色の素晴らしさはもうすぐ晴れる空色で、春色の暖かさは体を支えるコーヒーのよう。ぐらつく信念、輝く未来。どっちも僕らが抱えるものなんだ。

曜日

火曜は水曜のとなり、だから嫌いだ。だからってふて腐れたりしないよ。もっと先を、もっと先を考えているんだからさ。良いことあるのは、大抵土曜の夜だ。5号線沿い、旗の揺れない暑い夜だ。

2003.7.27

夜空

僕の汚れたフリースは夜の匂いがする。月の光をたくさん吸って、秘密は胸のポケットに。湖面の影が歪んだ理由は、きっと伸びた波紋のせいなんだよ。さよならの答えを見つける僕の旅、それは月夜のストレンジャーだ。

室内風景

電気を消してやっと見えた空の豆電球は、悩んだり考えたりする僕らの恋人代わりだ。時には雲のいじわるで、時には街の明るさで、毎日会えないから余計に恋しいんだね。頼りない男の夜の半ば、もし君に会えるなら海にだってさよなら言えるよ。

青い夜

悲しい夜がないのは、それもまた悲しい。

モラトリアムな青い僕らを大きくするのはなぜか尊い夜なので、時には背筋を丸めて大泣きするのもいいんだよ。もし、この長い人生という不安な夜が明けるなら、僕はもう本当に何も要らない二十三歳の夜明けだ。

行く末の花

ある一点を目指して歩いていたんだ。だけど糸の切れた凧のように、本当はもっと自由に飛び回っていいんだってさ。そう考えると俄然、心が躍ります。右も左も上も下も全て真冬の月明かりで青く照らされ、その灯が野良猫みたいな僕らの行く末に、花を添えているようでとても優しくなれるんだよ。考えて伸ばした指先に留まるのは、きまって疲れた夜の星一粒です。

忘れちゃいけない

こんな夜だから誰かと話がしたくなるんだね。こんな夜だから時間の最先端に立っていられるんだね。もう少しだけこの感覚が続けていればいいのにな。迷いも不安も怒りも全部、朝目が覚めてパンを齧っても忘れていませんように。

2004.4.17

白黒

部屋に暗幕、掛けようかな。だって夜から朝になる唐突感がどれだけ僕を落胆させているか、君は知らないだろう。窓から突き抜ける朝日の真っ赤な光線は、一途にあれへのめり込んでいた僕の意識にベニヤ板を被せるんだ。朝に慣れて昼になって夕方に眠くなって夜に浮かれる。まるで理想的な人生行進だ。

日々の。

夜になれば解ること。それは決って後悔です。青い朝が僕の部屋を何となく占領して、時間が旅から帰ってくるころ僕の反省は落ち着きます。明るい昼にしたことを、暗い夜に消化する。そんな日々です。

遠い空

遠くに行きたくなる日は、きまって淋しい部屋の隅だ。ビンの中で叫ぶような毎日なので心はいつも空の上。電気を消して考える事はいつも、ここから抜け出すための戦略なのです。

目の裏

一歩踏み出す僕らの先見の目は、正しいのか浅はかなのか分かりません。だけど疑う心の隠れんぼに、秋の穂みたくユラユラ揺れて、辿り着くのは夜の半ば。

夏夜空

普通の銀河の一コマで、隣同士になった星と星との関連性に夏の夢みたくそっと着目したりする見上げた空。走り去る昨日今日の後悔が、実に小さく感じたりするから好きなんだ。

2004.8.17

渦

深く深く潜りたくて恥ずかしくて耐えきれなくなる夜
には、本を読む。
そうすると気まぐれな僕の年齢は、洗濯機の渦みたく
ぐるぐるして落ち着くのです。

2004.9.24　23

草々に

月が大きく綺麗な夜は、汽笛が耳のすぐ横で冷たい空気がぶつかり合うみたく振動しているようで、時間という白線と白線の間を反復横飛びしている僕の日常の総括を、手伝ってくれてるみたいです。もうすぐ秋ですがお体にお気をつけて。

わがまま

こんな悲しくて鬱屈する夜は、本当なら手やら頭やら使って何かを吐き出そうとヤキモキするのですが、あいにく今夜は月が雲の後ろで背中を痒がっているみたいなので、僕はそこに行って、手やら頭やら使って何とか月の背中を掻いてあげなくてはならないのです。

東京ライツ

東京の夜はきっと、ギザギザなライトや模倣する犬の
鳴き声やらで悲しくて、
こんな鉛筆みたいな細い心な僕じゃ、イッペンに消え
て無くなっちゃうじゃないか。

アルコール飲む

泣いた。このままだと終わっちゃう気がしてたから雑巾を絞るようにギュッと心を捩じったんだ。そしたら血まで出てきて夜の酒場みたく賑やかになってきてしまったんだ。

外部ホーン

ヘッドホンの向こう側で僕を困惑させる音は、様々な何かの代償で弾き出された人間の過去なのだと僕は思います。夜と月明かりの間をぬって僕の部屋の窓を鳴らす細い風は、まるでヒューーッと口笛を鳴らしているみたいで、煮詰まって模索を繰り返す僕にはそれが酷く切なく聞こえるのでした。ヘッドホン越しの風の音や未来がきしむ音、捕らえるべき音はそれなのかもしれない。

ツナガラナイト

本当に今夜は音を聴きたくないです。頭の中の最前線にある集中力の殻が、皮膚よりずっと後ろの眼の裏ぐらいにあって、音に触れても体が反応しないのです。人生は過酷だ。

2004.11.26

太陽のスイッチ

教えてあげない。絶対に教えてあげない。教えると僕が終わってしまうから。朝早く空気を染める太陽の絵具は、そんな僕の頑固な思いを知ってか知らずか唐突に今日のスイッチを押し、勝手に今日を始めるのです。教えてあげない。絶対に教えてあげない。

球心

白くて丸い僕の頭の中。見える時は酷く良く見えますが、見えない時は盲目になってしまったかと錯覚してしまうほど、暗幕に包まれたかの如く全く何も見えません。だからこそ見える夜には、頑張って丸い僕の球体を頭の中から引き摺り出そうとするのです。それが辛く険しい鍛錬に繫がってきたのです。

ペン革命

書く。のはいつも夜の真っ最中。歌う。といつも明るい未来。青春とは勘違いの積乱雲だと知ったのは、書いたり歌ったり、繰り返してきたからだと、ただヒシヒシと感じずにはいられない。

戦略

言葉が出てこない夜に言葉を絞り出すのは、脳みそを雑巾みたくぎゅっと絞るみたいで残酷です。ボールペンの硬直に素直な僕はまもなく来る春待つ事にしたのです。

夜布

今日も夜に囲まれたら、きっとあれこれ考えこんで、僕らのちょっとした希望やお願い事がガスの切れかけたライターみたくシュッとしぼんでいくのですが、僕らの中の何人かがいつかその先をみてやろうと、月の下、切迫に寄りかかり腕組みしてむむっと唸るのです。

グッドナイト

あばらとあばらの間を指で押しながらなぞると、体と
心がいつもくっ付いているのだと確認できるのです。
眠らない夜の朝まであとちょっと。まるで今の僕らみ
たいだから、いつもそうやって夜更かしするんだ。

青のよる

寝ようと目を閉じましたら、胸の奥底で今月の難題を整理し始めてしまいまして、結局暗さに目が慣れて暗がりが青に変わってしまったのです。そしたら枕の裏側がひんやり僕にやさしくて気がついたら現実の朝だったのです。

自転車

口から出た思わぬ言葉の連続が、音楽の片鱗だとしたら、僕は今頃、大学教授で芥川賞作家だ。夜中の意識改革ほど無意味で、胆略的な物はないのかもしれません。悪魔みたいな僕らの欲望は、もう止まる事ができない架空自転車。

月目、鳥話。

鳥と月が出会ったら、鳥目が暗闇に弱い事を知らない月と、月がおしゃべりだと知らない鳥の噛み合わなさに僕ははらはらすることでしょう。青暗い空と部屋の窓を繋げる小さく弱い風は、まだまだ子供みたく無邪気な気がして、あまりキツく言ってやれないのが僕の弱さだったりするのです。

2005.9.28

夜空

千年先も変わらず。ゆっくりと夜空を見るのです。僕も星も何も変わらず、声も哲学も変わらず、けど生きているとするのです。君に言ったのか言っていないのかもう解らなくなっているかもしれないけれど、僕はもう一回いうはずなのです。今も千年先も。

夜行線路

飛んでいってしまえ。そして風船みたく膨らんだ悩みがどうかあの鰯雲の先っぽに引っかかることなく見えなくなりますように。そうしたら僕も君も何も感じないまま、夜の線路を汽笛と共にようやく未来へ進むのだ。

2005.10.4

悲しい月

月が雲の裏側です。僕は立ち止まってその時を待つのです。風や雑踏の音を秋服の袖に通し、深ける想いのまま月を待ちます。

それが君や僕にとってどれだけ大事なことなのかそれは解らないけど、この瞬間にも様々な悲しみが月に吸い込まれていると思うと、そうせざるをえないのです。

包まれる

たまには大きな夜の暗幕で、せっかちな僕の安息を束ねてみてもいいのではないのかなと思うのです。全て気まぐれ、郷愁に近い憧れの先っぽで、僕は爪を噛む夜にさよならしたいんだ。

月約束

約束と月の関係性を、僕と君とで話し合いましたら、それこそ何気ない日常の起伏みたいで、僕は思わずハッとしたのです。どうかそれなりにそれなりにその先へ邁進できますように。

白月黄ハンカチ

垢抜けた白い月に僕が少しホッとしたのは、黄色い君の悲しみが月にではなく僕に向けられたからで、体の奥でゆらゆらするのは月の代わりに黄色くなった僕の心のハンカチです。それはあまりに綺麗な黄色でしたので、僕はそれを月には内緒でこっそりジャケットの内ポケットにしまうことにしたのでした。

2006.5.8

春の裏側

置物みたく床に座り、暗がりの中で黒い手を握ったり開いたりする。そうやって確かめる何かを僕はいつも探しているのです。終わりはいつも、眠いのに眠れない夜みたいでとても淋しい。

2

左といったら左なんだ！

沸いた湯のごとく野を走る馬のごとく私は止まることができず黒い布の下でわずかな光をたよりに詩を読みふける。隠喩を薄いガーゼで包み胡桃を割るかのように叩き潰し、出た汁をなめ、寒さを耐え凌ぐ。飢えたもぐらのように詩をほじくるのだ。

桜の涙

惜春の黄色い空はアメ玉のようにじっとり溶けた。爪を噛むしぐさに懐かしさを感じるように僕はまた生き甲斐の中にまた一つ思い出を加えるのだろう。記憶は木目となり屋根瓦となり、度重なる清純な感情をポケットに詰め込みロウソク程度の灯を頼りに生きていかなければなりません。泣くとすぐ目が腫れ涙の味にまた涙する、そんな惜春。

春の一幕

心に隙間ができた時、僕に何が必要か、答えは土の感触でした。どうせいつか果てるなら、土の香りの一部となって、春の予感を与えたいんだ。

2002.6.6

ラストライフ

僕の体が植物となって野の木々草花と語り合えたら、きっと毎日悲しいことや苦しく堪え忍ぶ事ばかり聞かせられるでしょう。その時の僕の記憶の中に今の知識が残ったままなら誰よりも先にあやまっておきたい。

49

2002.8.28

命の成れの果て

花は枯れて土に帰り、その土は長く伸びる生命の蔦を作る。もっとも今のこの瞬間は僕らしくあるのだけれど、それを知るのは野の溜まり場と成るいつか。土の匂いは土臭く、草の匂いは草臭くあるべきだ。

猫のように

僕の日常は猫のようだ。間違いだらけ、後悔だらけ。だけど臆さず誰かに頼り、そうしてよく寝る。春の湖はまだまだな肌色で、僕の勘違いにも似た生きていく事に対しての自信も季節の面影と共に変化していきます。猫がしっぽを引きずり歩く様は、肩落とし歩く僕の日常そのものなのかもしれません。

宮沢先生

宮沢賢治に会いたい。そしてたくさん聞きたい。どうしてあなたは大自然のように純粋で、少なくとも嫌悪感すらもたず、ただ単に稲を刈るように生きていられたのか、そんなことをききたい。オツベルな僕は決してあの川のように綺麗に透き通れないのだが、あなたはどう言ってくれますか?

夢の先

やさしい人間の色はあの風船のようにきっと赤い。空の海をふわふわ歩く太陽の残り火は、夕日となって僕を赤く染めてくれないかな。橋を渡ると急な坂が建物の間から口を開け、小さい僕を誘ってくるのです。

シガー

タバコと僕との関係は、歩道の終わりとガードレールみたいだ。木から垂れる自然の涙や、道路脇を闊歩する赤の他人が、一段と愛しく感じるさなか僕は煙と戯れるのです。

タバコの赤い火の先で今日も僕は何を考えるのかな。

気心

明るい昼間の悩み事。それは線路みたく長く延び、そして夜まで続く。悲しいよ。だけど秋の紅葉畑みたくただただ季節に身を任せ、流されるだけ流されようとは思いません。

僕は枯れ木に絡まるどこぞの洗濯物だ。

ライン

赤い夜がカーテンの隙間から。遠くで鳴く船が酷くゆっくりなんだ。僕の小さな欲張りが、真っ直ぐ伸びる白波と白波の間に落っこちてもう戻れなくなりそうです。

ウミネコ

凪いでる夏の海が、笑ってモクモクと霧や何やら吐き
出して言うのは、季節の狭間に置いてきた可哀想な海
猫の感慨を察していたからこそだ。

ネイチャー

彼の肩は土色に。張った太い腕の伸びた先に緑の息吹が囁き、赤く熟した実へと繋がるんだ。返ってきた自然からの感謝に感動しては汚れた手ぬぐいがぶら下がった腰元に大地の喜びが頼ってくるのです。

自然から

小さな僕の中心で、大きな不満に立ち向かうには、赤く実った夏野菜の水滴に心踊らせ、土の地団駄に付き合う覚悟が必要です。何が本質か見極める感性。

静的な物から動的な物へ

白の次は灰色。その次は黒。色彩の高まりは常にネガティブな羅針盤の指針先だ。パウロ・クレーのように見えないモノの具現化を、アヤトリの交換みたく簡単に質素に行えたらいいのに。

灰火

毎日の不安を一尺玉に詰め込んで、打ち上げた花火の色はきっと灰色だ。気まぐれな僕らの感情は、ヨーヨーみたく展開し頼りない本質を見抜いてはうな垂れるのです。

2004.8.6　61

抜け出す

僕らは一生靄の中。抜け出せぬ山の中。

だけど考えることは止めない。鐘の音が木々の間をすり抜けて、土で転がる僕らの耳元に届いたらそこから始まるんだ。

2004.9.11

流れ

山鳴の遥かふもとに落ちるモドカシイ雨は、立ち止まり土を踏み固めることに力を注ぐ今の僕らに、先の長い川のらせんを思い浮かばせ、表現の自由という恐怖に足を竦ませながらも進め進めとおっしゃっているようで、悲しき僕の精神はそれに乗って歩き始めようとただ単純に思うのです。

シンバリン

タンバリンの成功は、まるでクレーの絵と音楽の選択過程にあった苦悩のようだ。種類の違う二つの同化と奇跡。複雑に絡む糸と糸のようですぐにでも触れたくなるのです。

簡単な物ほど複雑な理念を持ち備えている。

シミュレーション

もし、小指の先くらいの感慨が毎日僕を突っついてくれるなら、砂浜に行ったり来たりしている波の先端が描く、複雑な放物線みたいなバイオリズムで生きて行けると思う。思えば思うほど、僕の日常は平凡かつ平和だ。

咳のよう

もうすぐ帰って来るはずの雪みたく溶けたり積もったりする感情の山積を、
川の静寂にばらまいてきてやる。

雪中

うずくまる。冬の寒気が僕の外界との接点を凍らせて、
雪の中のカラスみたくいつも不安になってしまうんだ。
名前がない僕らの不摂生な私生活の裏側を、誰かに見
られたらそれは悲しみ以外の何でもない。

お辞儀

小津安二郎先生。僕はあなたに同調せざるをえません。

スケルトーン

何にも見えないけど僕らは何かを見ています。けどストーブの前でうずくまったり、山師に追われる野うさぎのように時間から逃げ回ったりとても忙しくて、見えない物を見ていることをすっかり忘れてしまうのでした。今日帰り道、横から吹いてきた尖った風は僕を通り越して歩道に並ぶ黄色い旗を揺らしたのですが、それが僕にとって見えたり隠れたりする何かを確認した数少ない機会だったのです。

大海

おでこのちょっと上ぐらいが重たいのは、面倒くさい出来事に駆け足で突っ込んでしまったせいだ。牛乳をこぼしたテーブルのように、僕は白く潔く日常を追尾しています。川上から河口へ流れ着いた覚悟やら何やらは、淡水と混ざって海へと流れ出て、解らなくなるまで薄まるのだ。

水の行方

冬の水道水は冷たくて、上手くいけば口から喉を通り抜けて胃に落ち、もう帰ってこれないところに行ってしまったことさえ感じることができるかもしれない。生きるという短絡的な往復の中ででも、そうやって始まりから終わりのほうまで、何かしら感じ取れたらよいのに。

ドーナツ

せっかくくぐり抜けた煙突のような円柱の穴を、もう一度逆からくぐり抜けなきゃ駄目になった感じだ。人生は暗く長く、そして青くて薄い氷みたいだ。

線香花火

痒くて痒くてせっかちになってしまう僕の心。もう少し落ち着いて考えたら解っただろう人との距離も、線香花火みたく世知辛い一閃にただただ皆目つかなくなってしまうのでした。

タイムオーバー

眠りたくない。鰹節をスッと削っていくように眠ったままの僕の時間を奪っていく時間。どうにかして止める手段を考えていましたら、見つけた答えは時間を終わらせる方法と同じでした。

2005.4.22

夢の話

果ての果ての果ての果ての果て。そこは砂で出来ていますか。それとも赤いレンガでできていますか。僕はそこへ行った時の夢を何度も何度もみたのですけれど、なぜだかそこがどんな場所でしたかどうしても思い出せないのです。

余韻なんて

僕は針の穴のトンネルを、くぐっては戻りくぐっては戻り、そして最後には世界の大きさに愕然とするのです。慌てて壁の向こうへ身を乗り出してみたけれど、結局もう終わり花火の残りかすなのです。

深呼吸

僕の頭の中は、四角く真っ暗な空間に黄色い小鳥が飛んでいるみたいだ。だけど時々薄明かりがそれらを塗りつぶすので、僕はより深く真っ暗なほうへ潜り込むのです。そこから這い上がれなくなるまでずっとです。

汗と汗の間には。

いつもどうにもならないことで水色の汗をたらりと吊るしておりますけれど、それは焦りや不安からきたものではなく、厚い毛布をかぶったままだからではないのですか。大きな目を種子のように開いたら、そこから見えるまだ先の先へただひたすら自転車を漕ぐのです。

やまびこや

やまびこやまびこ帰ってこい。その時までに叫んだ事の答えを考えておきますから。僕は言って僕が返す青春時代みたいな自問自答に、せっかくですから捕われてみますか。

思惑やら

写真みたくはっきりと残ってしまった僕の失敗や後悔を、夏の海がヘトヘトに下り坂になった頃に、せっかくだから釣り糸と一緒に海底へ沈めてしまいたいと思うのです。

生意気

雨と凪。僕と君。帰り道の惜春に何となく痛々しく腕組みしてしまうのは、さびた駅から溢れだした退廃した人々の光のせいだと、その時はまだ気づきもしなかったのです。青い僕のただ掻きむしった困惑の水しぶきが、この雨だと思っていたのです。

波乗り

自分の時間がある人と僕は話をします。すると今まで黄色だった僕の中が、まるで今朝食べたヨーグルトのようにどろどろ白くなるのです。そうやって僕は人と混じって回復して、また大きな波を待つのです。

夏の道すがら

雨の日の帰り道、赤い傘と隣り合わせで闊歩すると、瞬く間に僕の内面はやせ細り、まるで何もない世界で立ち止まっているかのようなので、手当たり次第叫んでやりたくなったのでした。もうすぐ夏だ。

希望

醤油センベイみたいに薄っぺらで、竹串みたく細く尖って僕は毎日あくせく模索するのですが、時には夏の山に深く埋まって、汗の一杉に寄りかかり何の気なしに空をみたりしたいのだ。

どう過ごすか

僕らが怯える要因をササッと全て取り除いてしまいましたら、その時はきっと晩秋の熟れた柿になってしまいまして、もう短命なカゲロウや蛍の感慨に胸を打つ事もなくなるのです。

青色ビル群

空の絨毯があまりにも素敵でしたので、空とこの灰色なビル群が逆になってしまえばよいのにと本気で思ったのです。そうしたら、腐った雑踏の匂いや無気力な足音等も全て頭のさらに上でシャボン玉みたくなって、それらも本当は素敵なんだと勘違いしてしまうかもしれないでしょ？

誘惑するのは影

光はライターの光。つまりは単純な光。悲しいかな、時折煙りと重なる青色が赤に飲まれるのです。やさしくしてあげたくなるのは、きっとそういった小さい動きが僕の弦を振るわすからなのです。手招きしてこい手招きしてこい。ここから見えてしまったのは、僕の目が良いからではないのですよ。

取り返しのつかない事

虫の一生は短い。短命な虫は僕なんかより何十倍も素直で、何百倍も賢いのだと思う。今夜も頭の中は暗闇でいっぱいだ。まるでカブトムシの背中みたくギラギラの真っ黒な考える力だ。世界は大きく僕は虫より小さいことに気づきもしないままだんだんと大人になってしまったんだ。

波の先端

波のぎざぎざを見ていました。指で砂を掻いて、寒がりな僕の背中からちょっとずつ何かが溢れているのに、それに誰も気づいてはくれないのです。砂と水のコントラストが、まるで馴染めない僕の鬱屈のようでした。

心黒肌

影が僕です。縁側の風通しの良い切迫で、僕は少し助かって息を飲み、君から返ってくる本当の思惑をなんの用意もせずただ待つのです。朝明けで曇りガラスが曇りだし、月焼けで心が黒くなるまでの過程を、僕と君らと煙草のケムリが、ようするにただ黙認するのを認め合うしかないのです。

埋没ストレンジャー

骨が灰になって、土か骨か解らなくなったらその時は太陽に三つ指ついてお願いして、どうか僕を捜してください。喜びや悲しみの最終駅を其処ではなく、どこか違う遠くへ放り投げてほしいのです。からんからん鳴る心の友と最後まで泳ぎきる青春の魚達に、僕は芯まで近くに留まりたく想うのです。

吸い込まれるんだ

裸のせいだと思っていた僕の心のこの寒さは、酔いが醒めた悲しみのアルコールのせいだったのです。ヤニの黄ばみが部屋の壁に広がって、もうすぐ汚れた海の泡のように、すこやかに僕の悲しみへ吸い込まれるのだ。

2005.9.13

風と空

いつかこの空が僕を忘れたとして、その時はどこかで雨が降るのを待つのです。そして風が青くて、まるで水溜まりみたいに静かでしたので、僕はそれを汚したくないと思い、煙草を消して、もうちょっとだけこのままでいることにしたのです。

始まりが終わり

窓から朝日が帰って来たら、僕はやっと冷静に今日考えたことを新聞をたたむように整理出来るのです。本当の事や嘘や不安も安心も、その時の僕にはまるで秋のコオロギと同じです。新しい一日の始まりは、いつも一日の終わりに始まるんだ。

角砂糖

僕は草や水や土や風と重なって、まるでクラゲのように透き通ってしまいたいのです。しかし、汚れた僕にとってそれがいかに難儀なことかはっきりと自覚もできているのです。夢は夢、現実は現実。そんな社会の角砂糖は、僕の感情の熱気によって解けてしまえばいいのに。

秋鳥と僕ら

秋が追いかける雲の切れ端は、僕がいつも求めているあの気分のようなのです。きっとどこかで明日も近くで、夜と淋しさの関係性に気づかないまま泣いたりしている人達がいるので、僕は生きていけるのです。

3

ディープブルー

魚の気持ちになってみるとおもしろい。海底深く沈んでジッとしている大物は、まるでこの社会の矛盾に対してさえどうじない流されない人間に似ている。俺は貧弱ですぐなびいてしまうけどうまく今まで生きてきました。いつか頭にフジツボが付くぐらい海底でジッとしている魚のようになりたいな。

政治種

僕は嘘の塊だ。嘘ついて嘘ついて偽って生きていこうとしています。嘘じゃない事はひた隠し、嘘だけを言葉にします。正しいことに反発します。正義は敵です。人だって殺せます。

でもただひとつ気になることは、春に植えた花の種がまだ芽ぶいてこないのです。

思想奪還

間違った思想に気づいているのにみんな見て見ぬふりをするのは、誰も正しい道のりを提示できる自信がないからだ。今、僕ができる事は微々たる物だがそれが締め忘れた水道水の流れのように止まる事なく人々に伝染したなら、僕が道案内しようじゃないか。

やったらやり返される

僕らは小さくススキのように頼りないが、決して一本ではない。落ち着かない春風は主流派という波を作り、少数派の僕らまで根ごと毟りとろうとするんだ。いつか解るいつか解る。その時の空の色は季節を問わず秋色で騒々しく、音楽なんて誰にも届かなくなるはずだ。僕は殺すなら殺されるほうがいい。

頭の中

遠くの街に行ったとする。そうして歩き回ったとする。疲れて歩けなくなったとしても誰も助けてはくれない。と思う。けど僕は想像する。僕の町で疲れて歩けなくなった人を見かけたら、助けたい。助けられなかったとしても励ます。だから疲れたら少しぐらい休んだって大丈夫だよ。

止まらない

完璧な完璧な言葉を探してふと振り返ったこの世代の狭間で、頼れない人間になっていた僕。こんなことならもっと大きな声で言いたいことを言っておけばよかった。もっと後悔したい僕。もっと話しておけばよかった君と。どうか神様、僕の腕の一本や二本どうにかしても構いませんから戦争をもう止めてください。

ナンドデモ

白紙の上を走る僕がいる。それは刈り取られた田んぼのようでまっさらだ。黙々と考え、迷い込んだ人生の裏参道を踵の堅い靴を鳴らし歩いていくのは、ある意味大胆で残忍です。

だけど止まらず歩き続ける僕の思惑は悲しき先住民の叫びに似ている。

日本は変わらなければならない。だから僕は白紙の上を走ります。

センチメートル

僕はペラペラな紙のようだ。世俗の冬風に吹き煽られ、乱れた髪を気にしながら浮かぶ白紙だ。野良猫に見つめられ、怯む臆病な二十三歳だ。

嫌

少し解ってきた。父が僕を気づかう時の声、母のストレスの響き。他人のやさしさ。僕もなりたくなかった大人になってきて、座り慣れたイスに座るように何も気にならなくなるのかな。

ハンケチーフ

間違っちゃいない僕と君たちの悩み。思った通りに生きられない弱さは、自分の胸ポケットの中に押し込まれたレシートみたいだ。間違っちゃいない僕と君たちの悩み。

正しい生き方探しは、雪原に落とした白いハンケチ探しと同じだ。

アフター

カメラを覗く左目や、コップに牛乳を注ぐ右手はマギレもなく僕の物だが、シャッターきったその先や飲み干した牛乳の冷たさはその次元ではない。みんなそんなふうに考えていたらもっと世界は綺麗になるのに。

謳歌

僕より醜い人間は知りません。僕より頼りない人間は知りません。だけど正しい事を見極める力だけ、僕は持っています。僕にとって正しい事、大衆にとって正しい事、正しさとは季節のように様々な顔を持っていて僕らを砂糖黍の迷路へと誘い込みます。けど謙虚でいたい。

ただ謙虚にいれば僕らの遅い青春も力を持て余すことなく消化できるはずだ。

生きる

みんな生きてるんだ。重たい影や黄色い情緒ひきずって。たくましくない世界で足踏みしている土色な僕は、もうどうにもこうにも生きていけないくらい歪んでしまって誰もがそれを見て笑います。逃げ道がないけど色々考えて進むのです。進むのです。進むのです。間違いながら必死に。必死に。

現実

実は僕らは何も持っていない。青春や新しい事への感動はテレビの光に邪魔されて、気がつかなくなるのです。ペラペラな現実は本物により近づくだけで、決して本物じゃないんだよ。

そこを僕は見極めたいんだ。

インタラクション

どうしたら僕らは救われるか。どうしたら未来の空が傾かずにいられるか。辿り着いたクモの巣みたいな沈黙と罵声の繰り返しの中、手を叩いて笑う口達者な不正義に僕らが気づかなければ、終わりは近い。

折り紙

「歳はいくつですか？」「現実という言葉を噛みしめてますか？」「何がしたいんですか？」そう言うのは足踏みを促進させる。結果より何をしてきたかだと僕は思う。諦めが美学になりつつある。そんなペラペラな時代は、紙飛行機にして飛ばしてしまいたいものだ。

街並み

ビルが赤色の惜春に寄り掛かったころ、地上を闊歩する野望や思惑の塊は勢いを増し、考えることのない浅はかなキレンジャクと折り重なって物事の顛末を見届けることになるだろう。

グラウンド

部屋にぶら下がる頼りないベルトみたいな僕に、本当に少しでいいからこの深緑色した未来への希望の光を分けて下さい。足踏み足踏み地均ししたペタペタな赤褐色の上を、僕みたいな大群が表現という不確かな手拍子打って進むのです。

ミクロ

細く、本当に細く小さな穴を開けたい。この平べったい壁のような毎日にポッッと穴が開いたなら、その途端、鬱屈やら誠実やらが台所の排水溝みたく勢い良く流れ込んでいくはずだ。叩いても叩いても割れない見えない壁に、いつまでも悩む僕らの遅い青春だ。

ぐるぐる

なんとなく言葉を使って遊んでいると、たまに文学の神様に怒られる気がしてきます。「もっと大事に使いなさい」と言われてるみたいです。僕にもっと文才があれば色んな矛盾や理不尽をぞうきんみたいにねじ伏せてやるのに。

2004.9.4

知る知らない

少しだけ知らない事を知ったら、もうお別れです。紙みたく薄い雲の上に乗っかった僕の集中力は、テレビのアンテナの矢先で折れ曲がり、昨日の夢の返事を探します。

もうちょっとだけ知れば知るほど。

世界観

天才君。そこから何が見えますか？　僕の場所からは色々な喜びや苦悩が泡となっていく模様がちゃんと見えますよ。時にはこっちへ下がって、複雑な世界を一緒に堪能しませんか？

エキサイト

メディアが僕と君との共通言語を模索している気がして吐気がするのです。騙して作られる泥の塊を、芸術だなんて僕は言えません。だからお願いです、真実の興奮を僕らにください。

紙の中

新聞紙の世知辛い報告に朝から僕がなぜ落胆しなくてはならないのか、それは僕自身が世界の埃のように今でも星の周りを漂っていて、そこから見える範囲で起きる事細かな社会性を受け止めなくてはならないからだ。知る事が僕らの義務であるならば、知ろうとしないのは怠慢だ。

灰色世代

グラデーションの途中に混ざる難色は、まるで僕らの世代連中みたいで扱いにくいのでしょう。集まる選択肢の豪雨の下で、僕ら世代はあぐらをかいて、ただただ頭を垂らしているのです。

水平線

社会性の裏側を僕は垣間見たいと、本やら新聞やらをまるで猫の爪磨きのように引っ掻いていたら、何となく気になっていた洋上の月の切片に雲が掛かっていて、「あぁ、なんて優しいのだろう」と騒めく風の突っ張りに雲は耐えているみたいだった。

テルテル

ストーブの前に座り込んだ祖母は、すごく小さかったのです。時間に吸い取られたものが一体何なのか今の僕にはまるで解りませんが、祖母にはきっと粉雪の漂う灰色の空の真っ最中で、それをただ眺めるだけ眺めては理解できるのです。そんな祖母は小さくて、いつも切迫している。

白色

僕の周りにはまだない。けどこの最悪な環境がヘドロみたく底のほうから溜まっていって、誰の感情にも明らかになった時、その時はきっとみんな真っ白になるんだ。なんの迷いもなく、ただ純粋に白く正義に対して潔癖になるのだと思う。

ある意味『逃避』

四角い箱にすっぽり収まって、僕自身、真四角なカッチリとした人間になってみたい。
全ての努力の境界線を。全ての思惑に段落を。けどそれは、保守的で傲慢だ。

短絡的発想

浅はかさを深く掘り下げたら哲学者になれると思い、
僕は他者から浅はかさを見出そうと暗闇の猫のように
目を凝らします。そんな自分が浅はかだと気づかずに。

知らない事だらけだ。

僕の目の届かない遥か向こう側で、僕の知っている人が声を出して笑ったりしているのでしょう。僕はそれをイメージするのです。自分と比較するのです。

普通から生まれないもの

みんなが考えられる事に僕は感動する。そしてみんなが普通に思うことに僕は恐怖する。もしも僕が今からずっとひとりぼっちになったら、どんな些細な変化にだって敏感になるのです。今がいかに普通か噛み締める何かが欲しい。

亜印主体員

アインシュタイン御中。僕らは生活の水平線にあくびしているのです。どちらかといえばあの山のように緩やかでいいので波打っていてほしいのです。ですからどうか僕らが確実に良い方向へ活気づけていく何らかの数式を立ててほしいのです。

線路

僕の普通と人の普通を比較したら、僕はあまりにも切なくなってしまうので、今日からはそんな時のために、こっちとあっちを遮っている遮断機を飛び越えて、向こう側を見といてやろうと思うんだ。

人間じゃない

人を人だと思っていない。そうやって人と接している僕自身こそが人ではないのです。なら僕はいったい何なのか？　それを考えていましたら、頭に浮かんできたのは一本の細い棒です。僕はただの細い棒だ。何の支えにもならず、立ってもいなく、それでいて折れやすい。僕は人ではない。一本の棒だ。

トランプ

本当のことを知りたい。けど本当のことを知るのには、麦の穂みたく頼りない僕の精神ではきっと堪えきれないのです。ですから、嘘でもいいから本当のことを言ってほしい。

未来派

昨日と今日の違い。それはベルトコンベアーで確実に流れてくるのです。僕はそれに乗って遠い先に待つ汚れた深い未来の世俗やらに、覆い隠されぬよう企むのです。

ネイティブ

雲はせっかちです。ですから僕は今日一日早口になろうと思ったのです。人に流されるのはごめんですけど、人がどうにもできない力に流されるのは、本当にしあわせなのですから。

モラトリアム選手権

ななめ。傾く背筋の行く先に思いや思想がゆらめいて、春のささやき耳元でつぶやくのです。クリームみたく伸び、紙みたく危うい僕らの未来像は中心にいる切迫した社会人には到底理解を得られないのが現実です。

最先端

甘い世界の最先端が、自由な僕らの夢心地。楽な生活の最先端が、ニートを呼び起こす雷太鼓。

圧迫

窓の外は僕の知らないことばかり。ですので僕は厚着をし、心を閉ざし、まるでメトロポリタンのミイラのようにぐるぐる巻きで、外へ出るのです。

アルファベチカル

変わらない、変えれない、変わりたい、変わろうとしない、変えてみたい。車の影が僕の影を踏んで行くのです。そうやってシュッと動く世界の先端で、精神の長い槍を前に出し、足音全開で前に歩く。

行く末

曖昧な未来が僕には心地よいのです。不安な情勢や不確かな社会に、餌を求める猫みたく素直に家へは帰れないのです。だから僕は色々模索し、手の届く事とそうじゃない事を曇りなき眼で見定めるため、必死に青く生きて行くのです。

インテリと煙り

頭の中の煙りを吸いとって、はっきり見えてきた何かと、出てきた煙りに一貫性はあるのかどうか、僕は見極めたい。それを僕が僕の本意なのか考えなくてはなりません。

美学が僕の倫理観。それが全てで邪魔なのは欲求と仕事だ。

4

松

理想と現実は必ず一致するとは限らない。まるで駆け登る滝、毟られる草。真っ白なガーゼを引き裂き未練をたち、気づけばそこにいたようなそんな生き方が自分的に理想だ。笹で足を切り木の根につまずき転ぶ、踵で土を踏みながら垂れる涙が眩しいのが現実。すでに間に合わないことだらけとは誰が決めた？　寒さに震え服を着るように鳥肌を爪で引っ掻き俺は生きていきます。愛する人よ、理想というオアシスに辿りつかずとも俺はカカシのようにただ見ていようじゃありませんか。

証探し

生きてくことが歯にしみる。飲み込むことができずに吐き出すだけ。日除けにかったコウモリ傘がほこりをかぶり破けてたのは俺のせいではないのです。何がどうしてそうなったのか今となっては部屋に吹き込む隙間風のようにどうでもいいことなのです。

アナログLIFE

今日が終わる頃になると少しだけ考える。

明日には何があるか、どんな物を拾えるか。

マッチ棒みたく先が丸い俺の感性じゃさほど探知できないだろうけどぐつぐつ煮える鍋の底でジッと構えているよりは多少ましだと思えます。日常って奴はコマのようによく回りふらりふらり人を振り回す。人生って奴は実にアナログ的で面白く、湖面に映る月のようにゆらりゆらり漂います。あくまでもパイオニアである必要はなくそれなりに今存在することが大切であり結果的にそうなるならば俺は拍手したいなぁ。ねぇ、生まれてから今まででいくつのコブをすり抜けていくつの斜面を滑り降りたかそれを知るのは難題だが知る必要もないだろ？

白紙の赤

僕の唇が赤いのは、たくさん死について話したからです。僕の両目が黒いのはたくさん影を見てきたからです。安い草履をサラサラいわせ飛び出してみた白紙の上は、本当に何もないやっぱりただの紙切れでした。それでも走る僕らの情熱は唇の赤となって少しずつ語り出しいつか見た白紙の地平線へと進み歩むのでした。

独立精神

暑い日にジャケットを羽織る。淋しいときに一人で笑う。それは天の邪鬼ではなく僕、一個人の個性として受け入れられる日をいつか夢みて、ありのままありのまま生きたいと思います。

年越しウォール

去年の僕を引きずって今年の僕は生きていく。悪いことは悪いと胸を張っていいたい、人にやさしくありたいなど当たり前の事実を本当にねじ曲げたくない。かなしき青春という壁よ、僕の後方でいつまでもランランとそびえ立っておくれ。明けましておめでとう。クワッ！

惜春の蔦

何をしたいのか、どうしたいのか、好きなモノは何なのかそれを知りたい。歩くため、振り返るため、生きるため考えるんだ。爪を噛んで我慢する僕の背中を、確かめるようにそっと撫でてください。そうしたらきっと、忘れていた昔の思い出を二十二歳に置いていけるからさ。

惜春のツタは枯れて土になり、いつか雨音の一部となって飛んでいくんだ。

僕のコブシ

僕がもう一度欲しいものは青春じゃない。振り返り叫ぶのはきっと簡単で、乾いた向かい風の中乱れた髪も気にせず進む、それがすごく難しいんだ。だから勘違いしちゃいけないよ。僕らは間違ってない、だから泣いてはいけないんだ。折れた枝を振り回し、枝の折れた木を忘れるようなそんな悲しい人間にはなりたくない。拳はふりあげる為にあるんじゃなくて、冷たい人生の壁を叩き割るためにあるんじゃないのかな。

ピクチャーズブック

ハローハロー、温泉あがりのフルーツ牛乳。涙が止まらないんだ、この空のせいだ。瓶の水滴はまるで青春の汗の様で、考える暇もなく飲み干すんだ。タオルはネジって桶の中で踊る、踊る。ハローハロー。

カンダニッショウ

神田日勝の絵は、青春時代の裏山のように、かなりネガティブの臭いがする。細いロープをつたって崖から崖へ渡る、そんな緊迫感のある神田日勝の絵は、本当に僕を魅了したのでした。精神の緯度と肉体的経度を交差させ、流れるような時間と沈黙の中でベニヤ板に書き続けた彼の心中を想像すると、芸術の在処をいつか見つけられそうな気がするのです。

猫と青春

かなしい猫の肉球は、コンクリートをペタペタ歩く。それを見つめる僕の影が、澱んで澱んで海藻のよう。明日また来る、いつかまた来る。声のない野良猫の哀愁に、僕の青春重ねてみたら、まだまだ終わりは遠そうだ。

読書

静かに本を読む君に、声をかけてはいけない。壁際の一人キャッチボール、少し照れ隠しに笑ったその顔は、そっと文字の中にしまわれるのでしょう。実は話がしたいのに、我慢する僕の胸中はきっと、本の中に出てくる人に少し似ているのかもしれないね。

空車

僕の時間を先導するあの青い車はまるで、空と地平の間を走る人生の探求者だ。
山並みから街並みへ移り変わる最先端で、火を灯す僕の胸中を察してください。

サヨナラ

さよなら、やさしさ。言葉のない日々に風が僕を慰めます。時折感じる湿った雲のような不安感は、きっと一生拭えないのでしょう。厚く深い深層心理の波の間で、揺れ動く悲しみの365日は決して無駄ではなくむしろ考え深くもあるのです。

一人で笑う毎日ほど切ない事はないんだろうね。

ナワ

誰かとつながっていますか？　船と埠頭をつなぐ縄のようにしっかり誰かとつながっていますか？　僕は稀にそれを確認します。残りの人生をどう過そうか考えます。僕はさみしがり屋だ。

煙の中

心がタバコの煙みたくモクモクしているのはきっと、
さみしい海の独り言を聞きすぎたせいだ。冷たい枕の
裏側をそっと手で撫でるように熱くなりすぎた僕の青
春を沈黙よ、どうか冷ましておくれ。

天井知らず

部屋の植木鉢に日が当たるように散らばった本を片づけたら急に思い出した昔の夏。バランスを気にしはじめ、大人になった気がしていた日々は、実は小猫の成長みたくうまくいってはいないのでした。遠くで僕を呼ぶ昔の夏は、何の成長も見られない僕への戒めのようです。

僕と鳥

僕の肩には黒い鳥。思春期の世知辛い思惑とともに飛び立とうとするその鳥は、ただ黙って地平線と平行に羽を広げ、黙認してきた甘えなどをその目で睨むのでした。

未来フィルター

洗濯バサミでぶら下げた青臭さを、笑いながら考えた自分の哲学に透かして見てみたら、黄緑色に変化しました。

落ち葉みたく

色々な世界が僕の周りにあって、それの中のたった一つを選んでいます。紙の切れッパシみたいな生活が段々に重なって、少しずつ高くなっていく様を、僕はカカシみたくただ寡黙に見てられません。必ず成長と消化を繰り返していくんだ。

質素

僕の好きな部分と嫌いな部分の境目は、カレンダーを止める画鋲のように不安定であり安定していると思う。白い壁の真ん中をぶち抜いてできたアリの巣みたいな心の穴に、針金を突き刺してやりたい。浅はかな僕ですけど。

序章〜

大きな草が僕の中に生えてました。パトカーのサイレンが部屋の中を一周して出ていってから、その草は段々黄色く変化して終いには只の砂の塊になったのです。

違う未来

あれがなかったら。あれをこうしてたら。
そこで始めてたら。そうしてなかったら。
昨日やってたら。僕はどうなっていたか。
僕の後悔とは、堅実な僕が空想の中で歩き続けて辿り
着く世界の事なのだ。

サーカス

内なる精神の成れの果ては、孤独と地団駄の空中ブランコです。
手を伸ばせば届くだろう明るい場所は、実はもっともっと先の先の先だ。

前へ後ろへ

始まったら終わらない事、探していたら歳をとっていました。もうすぐ帰ってくるさざ波の好奇心を靴でくすぐって、まだ先に見える棒みたいな防波堤へ向かって叫ぶのです。

もうすぐ終わる、もう終わる。探しても探してもいつか終わるんだ。

スプラッシュ

あくせく働いて飛び出せ固定観念の殻から。貧しくも
自然の感慨に触れようと土にまみれ、木に触れるのは
秋の空。きっと見えてくるはずだ、喜ばしい幸福感み
たいな日常の影に潜む劣等感など他にもあるが。

線を引く

フラスコみたいな僕の精神の溜まり場は、一滴一滴ろ過されて通り過ぎる季節と体温の変化に四苦八苦するのですが、あなたやその周りにいる本当のあなたを知るごく一部の人間にそのことを告げるとなると、海の波打ち際に並ぶ昆布みたいな気持ちになるのです。

趣味とはちがうかも

例えば自分の思う自分の姿は、想像から遥か遠くに浮かぶ玉浮きのようで、具体的に観察できる機会があるとびっくりする。上はキリがないが、下もキリがないのです。だから僕は踏鞴場の踏鞴踏みみたく休まず疲れ、休まず眠るのだ。

リミット

小躍りしてスクランブルする青春とその影に、今ごろになって手を挙げたり下げたり。木目みたいな未来の群像をあの頃の光で映そうと必死になるのです。さよならが近い気がする。

移す

僕の心の拠点を遷都する。窒息しかけの魚のエラみたくひらひらする感情の羽はちょっとずつ抜け落ちて、もう座布団みたくなってるよ。限界の見えた心の拠点を僕は遷都する。

モラトリアム宣言

僕らの未来が不安なのは、先々に見える芸術の展望台に飽くまでも挑戦しているからで、銀色のボールの中で泳ぐ生卵のようではその努力を測れないのである。足踏みの青春のどこが悪いんだ。いっそそうやってゆで卵になってしまった人のほうがよっぽど素敵だ。

イメージの言語化

頭の中のクモの巣に何か引っ掛かるのを待っているみたいだ。停滞する僕の精神に洗濯ヒモみたいなクモの糸が螺旋状にばらまかれ、四つ角を知性、道徳、倫理、感性に結びつけたら、頭の隅っこにある小さな春のマリーゴールドの匂いがする場所でジッと待つのです。何か期待する訳でもなくただ寡黙に。そこは図書館のように静かですから街の騒めきなどは申し訳なさそうにモジモジして、決して入って来ようとはせず、それどころかその感覚さえ消し去ってくれるのです。ですから何とも言えず落ち着くので、気がついたら僕はいつもその精神の中にある小さな部屋に閉じこもっては膝を抱いたまま、何かを待つのでした。

芽を待つ無知男

実はセロハンが僕の頭を覆っていて、全てが偽物で現実が象の足の裏みたく不確かなものだったら、こうやって息せききってせっかちにしている僕は、砂漠に花の種をまくような無知な男となる。

16 ボルボ

フリース生地が僕の皮膚だったら、これから寒くなる季節なので家の猫が喜ぶでしょう。100W の電球が僕の目玉だったら、暗く陰湿な僕の部屋の隅っこでさえ、明るく本が読めるでしょう。けど普通な自分の普通な精神が、普通じゃなくなる瞬間を待ち望んでいて、それがたとえ小さな変化であっても信じ続けている僕には、祈りが届いた一瞬だと錯覚するかもしれないのだ。愛してる小鳥の望むままに僕が変化して行けたら、その時が最終地点の小さな円だ。

プレイボール

センター返しした感情の豪速球は、手拍子みたく規則的に運動しながら僕から離れて行く。もうすぐキャッチされて投げ返されるよ、こっちのほうへ。だから準備するんだ。全てを見透かされて恥ずかしさのあまり足が止まってタッチアウトにならないように。僕は走る。そして考える。

理解してない

何となく良いなぁ。何となく出来た。何となく面白い。何となくわかった。何となく考えてる。何となく見えてきた。何となく書いた。何となく歌った。何となくでいいんだ。それら全ては結果だけを尊重する、過程を掘り下げない無知な人間のため息だ。

重い

おでこが重くてマバタキさえ億劫で、背中が丸まり両肩が前に押されるのは、切れかけてパチパチ点滅する蛍光灯のような僕の精神が重力にさえ負けているからで、それは火のついた線香が僕だとして途轍も無く頼りなく感じるのです。アップダウンする僕らの未来予想図。

無知

何も知らないままいられたなら僕はきっと、世界中の石という石を拾い集めたり、海に重なり合う海草の種類を一枚一枚数えたりしていただろう。

屈折したのは今か、それとも知らないままいたかもしれない僕か。

毬栗

頭にトゲが生えてきて僕はまた腹を立てて、それでも声は聞こえてきて、今日もまた何とも言えません。けど、明日も切迫した精神の緊張感の中で、僕はせっせとトゲを磨くのだ。

チョイス

目の前に垂れる何本もの綱を、一本一本グィッと引っ張って、しっかり上と繋いでいることを確認したら、僕はいよいよ考え始めるのです。僕に合った僕らしい終着点とは何か。どの綱の先にそれが待っているのか。

ページ

見たことのないものを見る力をつけるため僕は眼鏡を探すのですが、どうやらそういう訳じゃなさそうなのです。聞こえない音を聴くため僕はヘッドフォンを探すのですがこれもどうやらそうじゃないみたいなのです。折り紙を一枚二枚とめくるように、感性の奥深さも簡単に探れたら良いのにな。

切実な景色で

白い雪と海の青さが、僕の中にひっそりと潜む清楚な部分を思い起こさせてくれます。そうなると人間の毒気を、コーヒーフィルターで一気に濾してしまいたくなるのです。

シーソーみたく揺れるんだ僕らの感情は。

灰

灰は精神の溢れ粕にそっくりだ。ふあふあ舞ったり擦ると汚れたり。僕の周りに飛び舞う灰の一つ一つを、虫アミですくって一枚の心の残骸を組み立ててやりたくなるのです。

シップ

平べったい。紙みたく健全に平べったく、白紙であって尚かつ、広ければ広いほど良い。それらが重なりあって作られる精神のインナーワールドを僕は、いつまでも守り続けることになるのです。

朝顔

他人の瞬きを僕は必要以上に羨ましくねたましく感じます。それはまるで棒に巻き付くアサガオの蔓のように僕には欠かせず、仕舞にはそれすら僕の燃料としてしまおうと企んだりするのだ。

じぶん

僕は。僕は。僕はもう考えたくない。かかかかかか。

せっかく開いた背中をジャケットで隠してやったさ。

そそそそそそ。もうじきそこらじゅうに飛び散ってやるから安心しな。僕は。僕は。かかかかかか。

シミュ

「もしも」という言葉に僕はいつも脅えてしまう。起こってもいない出来事はいつ何が起こるか起こってみなければわからないのです。だから僕は、悲しみや寂しさや驚きや鬱や怠慢を現実という何やらに置き換えて、ポスターの中の人物のように明らかな作り笑顔で居続けるのだ。

カメラ枠

左目から、僕は様々な移り変わりやホコリみたいな他人の想像力を覗くのです。カメラのファインダーの中に入り込んで四角く切り取ってしまった時間の最先端を、僕は何の気なしに当たり前だとしてしまうのだが、実はそれはとても興味深いことなのだ。

2005.3.5

偶然だ

空の鍋が落っこちた音。それを聞いた僕。そんな偶然でどうでも良い事だらけで、しかしくだらなくて大事なことも多々あって、僕や君や父や母や仲間や家の猫が、それをクリアしているのを僕は黙ってみているのです。

色んな日

段ボールの中に入って丸くなってしまいたいのです。魚になって流れの緩いダムのような場所でジッとしていたいのです。部屋の隅っこで猫のわがままを一日中きいてあげたいのです。それがその時々で最高の自分であるために、僕は必死なのです。

スポット

ひかりのない今の僕は、なんとなくぼんやりとした暗がりでひゅっと光る街灯の真下にいるようで、ただでさえ猫背な僕の哀愁を、より負の青色に近づかせるのでした。しかし脱却できない。

夢心

いつも眠たい僕は、いつも歯医者にいるような錯覚に襲われればいいんだ。いつも眠たい僕は、いつも車を運転している錯覚に襲われればいいんだ。いつも眠たい僕は、どうやら眠たいということさえ忘れてしまおうと必死だったのだ。

僕のなかでのこと

耳の横のうるさい音がする。しかしそれは僕自身の呼び起こしていた音だったなんて、本当にびっくりしたのでした。だから川の下流から上流へ向かって何日もかけて上っていくことにしたのです。そうするのはきっと、僕がそう思ったからではなく、何というかそれが正義感に似た純粋な感覚であって、それになんだかグイッと引っ張られたからなのでした。

点

暗がりを見下ろしていたら、今居る場所も暗がりのまったただ中で、もうここから一生抜け出せないのだろうなと唇を噛むしかないのです。嫌で嫌で仕方ない日常の句読点に何を選択するかで僕の未来は変わっていく。

海布団

今日の僕は動けないようなので、明日の僕に期待します。そうやって自分に貸し付けて、風呂上がりに髪も乾かさないまま潜水艦のように布団へ深く潜っていくのです。

狐と

狐の背後に立って、ぶつぶつ言ってみたのが果たして良い手だったのか否か今となってはもう解らないのですが、狐はそれとなく僕を気にしつつも、タッと木の枝を折ったような音を立てると日陰へ走っていったのでした。それについて僕は少し考えていたのですが、すぐに色々なことを思い出してしまったので、もうそれをやめたのです。

きりきり

この部屋の中で誰も意識せず、ただ猫の一人遊びのようにはしゃいだり、落ち込んだり、泣いたりしているのは、本当に本当にひとりぼっちなんだなぁと実感するための小道具みたいなものだ。

ルート検索

根拠。それがあふれてコップからだらだら溢れてしまいそうですので、僕は慌ててもっと大きなコップを用意しようと食器棚を開けたり閉めたりしたものですから、積み重なっていた食器たちが僕を非難しているかのようにガシャガシャ泣き出したのです。

2005.4.17

心が千鳥足

背伸びしていた青かった時間に、どうやって後悔を山積してきたか冷静に考えてみたら、それは自分自身の中にある安楽的な無責任さと、おぼつかない心の一人歩きだったのだと思ったのです。無理してコウモリみたく逆さにぶら下がってきた僕に残された力はあと僅かだ。

復活

僕は考えます。例えば氷が手のひらで溶けるように消えていく青春のこととか。それでふて腐れるのです。もっとできたとか、やっぱりこうすれば良かったとかで。なんて短絡的で、情けないのでしょう。やはり僕は、竹のように凛として本を壱ページ毎めくるように生きて行きたいのです。僕は、僕と他人と以上によく僕自身と衝突する。

2005.7.26　200

雑踏

どこに誰がいようが、僕が何をしていようがいまいが関係なく生きている流れがあって、その流れが川のようで美しく感じたり、時には嫉妬したりするのが気持ちよくて、どうしても他人を好きになれなかった日々にさよならできそうなんだ。

人の錆び

人ごみが嫌いですが人は最近好きです。欲望の渦は単体だと少し深緑になって草花とよく混ざります。なかなか見ようとしなかった鉄錆びのような人の内側をどうにか覗くと、そこは僕の日常と似ている部分もあったのです。

寝癖

乱れた髪は直すのに、乱れた悪循環は季節のまま。何もない僕の何の意味のない言葉が僕の頭の中の全てなのだとすると、寝癖を帽子で隠すのと同じだ。

隣

忘れたい事忘れられない。忘れたくない事すぐに忘れる。傘をさす君、僕の隣。
左肩に雨が落ちてますけど汚れたり悲しんだりは致しません。

ウォッチ

僕の鼓動が振り子時計の秒針です。あたかも夜と朝の間に何千小節もの音符を並べたみたいにそれは止まりません。悲しみで上がるＢＰＭは、息切れとは違う意味で同じだ。

客観的イズム

未来を未来を考える。黒無地に白文字な思惑は、結局寝言と同じで自分じゃイメージしきれないから厄介です。僕は僕をしっかり外から見たい。そのために捨ててきた物、小路に一つ。皿に一房。夢につっかえ棒です。

5

やさしさ

どんなに辛い時でも、どんなに疲れていても、やさしい人間でいたい。自分が人生に迷っていて、振り返る余裕すらなかったとしても、他人の心を傷つけたり重みになったりしたくない。だけど僕は未熟で鈍感だから、そんなやさしい人間になれずにいるのです。いつかあの子の心の闇の一部を、僕という雑巾でぬぐいさってあげたいよう。

秋雨

どんな理由であれ、僕は泣く人が好きだ。落花生の殻を割り、むき出されたピーナッツみたくさらけだした心。そこに見える裁縫針のように尖った感情が、僕の頭に溜まった膿の皮を破ってくれるのです。あの子の涙はシトシトと、秋の冷たい雨なのだが、それはそれで僕にとって、愛すべき要素の塊なんだよ。

冬の声

人にやさしくできるなら、僕はもう冬の寒さに対して文句の一つも言わないんだけどな。雪っ面に足跡一番乗りでテクテクゆくあの子の未来には、僕のやさしさがどれくらい関わっていくか、それは僕の中の太陽に似た物次第だ。

君は少し泣いたのか、赤い目と頬がまるで丸ボタンみたいだね。

決意

読みかけの本を閉じてしまったような感じ。目覚ましをかけ忘れたけどちゃんと起きれたような感じ。ぬるくなったお風呂にお湯を足すような感じ。懐かしいあの子に会ったような感じ。そんな感じがすごく平和で、真っ直ぐ歩いて行こうと僕に決意させるのです。

フィクション

重なったり、離れたり。円い蓮のような心と心がぶつかるたび、心電図の波長のような波が枠線に立ち上がります。喜びや悲しみが僕とあの子の間を行き来し、最終電車に乗ったような淋しさが珍しさもなく飛び回るのです。ねぇ、本当に辛いのなら鈍感な僕にでも解るように大きな声で言っておくれ。

抽象

カマキリみたいなあの子から風の色を聞いたのはきっと、気まぐれに近いゴミ袋の中のゴミみたいな感覚で、コンクリみたいな堅い棒だったからだ。折り重なったグラデーションな等身大な僕の側で、ネガに焼き付く悲しい目。

悔い無し

僕の全てが間違いでも、いつかそれがはっきりしても、
僕はこれでいいんです。エンピツ削りな僕の人生の末
端を、魚のウロコみたいなその眼で直視して欲しいん
だあの子には。

猫の定位置

気まぐれな猫の本音は、たぶん僕は知ることは出来ない。たとえ大きな声で叫ぼうが、濡らした眼で搾り出すように囁いても、僕には聞こえない。だから愛おしくもっと側に引きつけたくなるのだ。猫は僕らの隙間を埋める天才だ。

水

あなたの水が、僕の水と混じったら結合する要素と拒絶しあう思想がハッキリと見えたりもする。時には色の濃い水を持つ誰かに染まったりもする。十年後の僕らの水は何色なのか、誰かわかる人はいるかい？

グランドに夕日

そっとしておいてあとで様子を見に来よう。箱の中に置きっぱなしにしてた銀杏色した思い出と、指先から流れる飛行機雲に四苦八苦し、隣の席だったあの子のため息から感じ取った社会性にうな垂れてた僕の過去を。忘れずに見に来よう。

それは小鳥へ

全ての良いものに僕は挑んでいる気がしていたんだ。けど僕の世界が君中心に回っているとして、君のそのジャケットの奥に潜む孔雀な心が僕の何かでバサッと羽開いたなら、明日降るはずの雨一滴一滴にだって愛情を注げるようになるのではないかな。

唯一の

黒い服に付いていた小っちゃな白いゴミみたいに主張する。さっきまで迷っていたどっちでもよかった事を、そうあるべきでないとヨーヨーみたく返って来てはまた弾き返したりして。でも何の気なしに溢れ出した感情の矛先はいつも君でした。それだけはこれからも変わらない。

ターンターン

背中を押す。ぐっと堪える君。それでバランスがとれているると主張する世間。どれが正しいか、どれがいい加減なのか僕には解らないです。だけどひとつ思うのは、僕は僕であって、君は君なのだという現実が後ろにひかえているということ。遠回りでもぐるぐる回りに回ってどこかに辿り着けばいいんだと僕は思います。疲れた一緒に休みましょ？

猫の本音

頭からスーッとしっぽの先まで撫でてやったら、猫はしらっとした目でこっちを見ると、まるで僕の鬱屈した真夜中の作業を影から見ていたかのように鳴きました。それはきっと思い込みだけど、そう感じてしまう現実こそ僕の苦しみであり、この壁への憎しみなのだと思います。

偏屈変化

僕の視界と君の視界が重なったちょうど中心に旗を立てる。僕はだんだん離れて行きますけど、交差する中心は変わらないように僕の内臓も変わらずおります。

青春

産毛で猫の舌みたいなほっぺのあの子を夢で見ました。階段を上がったり下がったりしているような埋没した日常の好奇心を、雪中に埋めてしまいたくて、僕は新たに模索するんだ。青春はもう来ない。

時には

甘い蜜の裏側に潜むカラスみたいな真っ黒な部分は、まるで君の僕に見せない影に似ているよ。目隠ししたまま耳を塞いだまま僕らは生きているみたいだ。

右へ左へ

寂しくなんかないのですが、みかんの種が目から落ちてくるのです。喰えない種の汁が染み付く袖に、どれだけの僕という何かが季節みたく移り変わってきたか、君にはわかってもらえない事を僕はわかっているのです。

時間と平行に

僕が君に出来る事は、僕が考えることじゃなくて君が
必要とする現実の中で彷徨う考えなのかもしれない。
時間は進むのに。

青又

何も考えず感情おもむくまま吐き出したら、それがきっと青春だ。ため息と一緒に君は僕への慰めの言葉を絞り出すけど、それが青春か否か僕は見極めなければならないのです。

サランラップ

二本の円柱に挟まれて、僕はマバタキしかできないので、ただジッとそこから見える情景や世俗に共感落胆し、そこへ届く僅かな音に発狂乱舞するのです。そんな僕が自由を知ったらきっと何もかも嫌になるか、君に会いに行くかのどっちかだ。

てんてん

イチゴが君なら僕はざくろです。汚れきってしまえ、殻の中までざっくりと泥まみれに。世界は広くそれでいて不確かなので、本当に本当に知りたい事がそれならば、そこの長板の先端から飛び込むしかないのです。何もない僕は、ガスかかったその下へいつだってジャンプできるんだぜ。

あの子はきっと

蚊のように軽く飛ぶあの子はきっと、頭が良いのだろうと僕は思うのです。苦しい時に頭を掻く僕の癖をあの子はきっと笑うのですが、そのことで僕は何か動いたりはしないのだと思うのです。

透明

ガラスのように透き通って、ガラスのように多彩に変化し、ガラスのように繊細である君の思いは、土と変わらぬ僕ですので、上手くいくはずがなかったのでしょうか。

わかった

もっとはやく解ってもっと優しくしてあげられたらどれだけ良かったか、土と空の中間で汽笛と隣り合わせ、思うのです。腕から浮き上がってきた血管や、僕の両耳を凌駕するスピーカーに発奮し、窓を煙となってすり抜けられたのは、君と僕が大切にしてきた事のおかげだったのかもしれないのです。

君と僕胸中

朝の一本線を跨いだのは、ようするにあの子の声や形が如何なる新聞の見出しよりも僕には重要なことなんだと確認してしまったからであって、手遅れな織りハンケチと花束にお辞儀し、石段の坂を上り始めるせっかちな僕の全てがそうさせているのではないのです。

段階の階段

いつもいつもあの子の事を考えている僕と、年々漁獲量が減っていることに悩む漁師と、いつもいつも誰かを想うあの子と、その漁師の帰りを待つ妻。比較、対象、触覚、感性。僕は頭のロープをギュッと張って爪先立って走る走る。前髪流し、汗かく頬に楽しくなるのだ。

僕らの間

星と僕らの間には、実は邪魔なものなどなんにもなくて、あるのは徹夜をつんざく朝焼け雲と、淋しい僕らを救ってくれる渇いた月の先っぽだけなのです。でも淋しいホコリが心に降り積もるとそんなことなど忘れてしまうので、どうにか君とそれとを結びつけては忘れてしまわないように四苦八苦するんだ。

GO TO THE FUTURE

心の最先端。待ちこがれていた涙はタバコの煙のせいだった、霧のような未来の動き。僕は動く。動く。指差す先に君、淋しいけど。なのに行くしかないのさ、通り過ぎる対向車と目が合った。そう、僕は迷う。服を引っ張ったりして君を呼び止めたのは疲れた日々の気まぐれだった。だけど君を誘う。これが心の最先端。待ちこがれていた涙はタバコの煙のせいだった、霧のような未来の動き。

僕から糸

細い糸の先と先。隈無く探したあの子の悲しみにどうにか繋げてしまいたくて、僕は青春の汗を鼻頭にてんてんと、乾いた喉の奥底へ徒然と、わらわら弄って弄ってあくせくするのです。これから解る輪郭のない未来を僕は楕円の幸せへと転嫁してみせますので、もうちょっとだけ待っておくれ。

6

イージーイージー

本当はただ音楽を作っていたいたいだけなんです。何も考えず左右されずただ作っていたいだけなんです。でもまだ音楽のことを何も知らないし自分をうまく言えないし。「ただ作る」ってことがまだできません。木曾川を泳ぐうなぎのようにただ泳ぎただ生きることがどんなに難しいことでどんなに素晴らしいことなのかやっとわかりました。自分の経験値がある一定の位置まで貯まり心から音楽を愛せたとき、俺は音楽をやめようと思います。だって本当に自分の言いたい事って人には言えないことばかりでしょう？

死後

僕が死んだら僕のギターや僕の釣竿は全部誰かの物となり、僕の歌や僕の精神もきっと誰かの物になる。一つこの場を借りて言っておくけど、僕が愛してやまない物をまた誰かに愛してもらいたいんだ。だから僕が愛した人だけに全て使ってもらいたい。

タイムスリップイヤー

僕らの心を打つ音楽とは、きっと空っぽの花瓶に注がれた水なんだ。僕らは常に飢えていて、だからきびしい。血の通った熱い音に心底浸った時にこそ、ティーンエイジだったあの頃の耳に、戻れるのだと僕は思う。

ステレオ

すごく大きい音で音楽を聞きたい。今までの何たるかを全てかき消し、雪焼けした心の肌をきれいにはぎ取って生まれたての若葉となりたい。川が恋しくひた進む少年のような精神は、いつか見て見ぬふりする人々の胸を打ち山をわけ入る山頭火のごとく己に立ち向かうことでしょう。

ヤマ愚痴

喉が渇いたから水を飲む。眠たいから寝る。それと同じように音楽ができたらいいな。お腹一杯なのに詰め込んだって、それじゃ現実をちゃんと見据える事は不可能だ。極限の境地と、作られた不快感はまるで違うんだよ。

あくまでも挫折

本当に音楽が好きなのか、確かめるには一度止めるしかない。それは挫折です。俄に騒めきだした社会からの感慨が、泥遊びをする子供の集中力にも似た僕らの芸術への探求心を、葦を折るように簡単に捻じ曲げるのです。大人の一員とは僕にとって挫折への第一歩だ。あくまでも僕にとって。

2004.8.20 242

歌

自分の作った歌が頭の中で流れている時、もう音楽が楽しくて楽しくて嫌になっちゃうよ。

歌の居場所

例えば、本当に好きな歌が隣にあって、それを枕にして寝てしまった夜は、嘘の話をして喜ぶような変な人にさえ幸せを感じさせてくれるんだ。

アップ再度ダウン

先を辿って僕の過去を暴いたら、毬が剥けかけた栗みたいな自分を見つけそうでゲンナリしますが、それが全ての季節の折り返しで、弾けるかんしゃく玉みたいな音楽への情熱に転化できれば、それが僕の桃源郷になるのだな。

クリティカル

埋もれてしまうよ僕の歌なんか。あの古い靴と一緒に
この歌が君に捨てられてしまう前に、この山越えて目
指すはエクスペディションな精神だ。

食材消化

iTunes のライブラリには、食べ終えた野菜やら何やらの食材の山が詰まっています。真っ赤なトマトを消化したあの夜、僕の周りにだけ広がっていたと思っていたこの世界が、実はみんなの世界の一部にすぎないんだと知りました。僕は負けない。

数値思想

どこから始まってどうやって終わるか。そして、何が正しくて何が正しくないのか。
そのさじ加減を測る計量カップが音楽だとしたら、いい歌なんて作れるはずないよ。

枝

ブラインドタッチする音楽に。目をつぶってたって出来るんだぜきっと。
もう嫌の境地で怒り狂って、吐き出すギターの寝息で枕はビショビショだ。

最低の最低

僕は最低の最低の最低の最低の最低で、音楽をしていて希望も夢もない。まるでクロマニョン人の墓標に栗の木の枝でリズムを叩いているようだ。ナンセンスな現実の夢であってほしい現実だ。

波紋

静寂の湖面に落ちた一滴の水が、波紋を作り岸にいた
鳥に小さな波を与える。
そんな音楽やらなんやらを作れたら幸せだとおもうの
です。

執筆年一覧

二〇〇一年

左といったら左なんだ！／桜の涙／ディープブルー／松／イージーイージー

二〇〇二年

夜毎／クラゲとなって／窓／ファン・ゴッホ／LINDA／見てみろよ／風の友達／月の椅子／春の一幕／ラストライフ／命の成れの果て／政治種／思想奪還／証探し／アナログLIFE／白紙の赤／独立精神／やさしさ／秋雨／冬の声／死後／タイムスリップイヤー／ステレオ／ヤマ愚痴

二〇〇三年

猫と「あくび」／コーヒー／曜日／夜空／室内風景／青い夜／行く末の花／忘れちゃいけない／猫のように／宮沢先生／夢の先／シガー／気心／やったらやり返される／頭の中／止まらない／ナンドデモ／センチメートル／嫌／年越しウォール／惜春の蔦／僕のコブシ／ピクチャーズブック／カンダニッショウ／猫と青春／読書／空車／サヨナラ／ナワ／煙の中／決意

二〇〇四年

白黒／日々の。／遠い空／目の裏／夏夜空／渦／草々に／わがまま／東京ライツ／アルコール飲む／外部ホーン／ツナガラナイト／太陽のスイッチ／球心／ペン革命／ライン／ウミネコ／ネイチャー／自然から／静的な物から動的な物へ／灰火／抜け出す／流れ／シンバリン／シミュレーション／咳のよう／ハンケチーフ／アフター／謳歌／生きる／現実／インタラクション／折り紙／街並み／グラウンド／ミクロ／ぐるぐる／知る知らない／世界観／エキサイト／紙の中／灰色世代／水平線／天井知らず／僕と鳥／未来フィルター／落ち葉みたく／質素／序章～／違う未来／サーカス／前へ後ろへ／スプラッシュ／線を引く／趣味とはちがうかも／リミット／移す／モラトリアム宣言／イメージの言語化／芽を待つ無知男／16ボルボ／プレイボール／理解してない／重い／無知／フィクション／抽象／悔い無し／猫の定位置／水／グランドに夕日／それは小鳥へ／唯一の／ターンターン／猫の本音／偏屈変化／あくまでも挫折／歌／歌の居場所／アップ再度ダウン／クリティカル／食材消化／数値思想／枝／最低の最低

二〇〇五年

戦略／夜布／グッドナイト／青のよる／自転車／月目、鳥話。／夜空／夜行線路／悲しい月／包まれる／月約束／白月黄ハンカチ／雪中／お辞儀／スケルトーン／大海／水の行方／ドーナツ／線香花火／タイムオーバー／夢の話／余韻なんて／深呼吸／汗と汗の間には。／やまびこや／思惑やら／生意気／波乗り／夏の道すがら／希望／どう過ごすか／青色ビル群／誘惑するのは影／取り返しのつかない事／波の先端／心黒肌／埋没ストレンジャー／吸い込まれるんだ／風と空／始まりが終わり／角砂糖／テルテル／白色／ある意味『逃避』／短絡的発想／知らない事だらけだ。／普通から生まれないもの／亜印主体員／線路／人間じゃない／トランプ／未来派／ネイティブ／モラトリアム選手権／最先端／圧迫／アルファベチカル／

行く末／毬栗／チョイス／ページ／切実な景色で／灰／シップ／朝顔／じぶん／シミュ／カメラ枠／偶然だ／色んな日／スポット／夢心／僕のなかでのこと／点／海布団／狐と／きりきり／ルート検索／心が千鳥足／復活／雑踏／人の錆び／青春／時には／右へ左へ／時間と平行に／青又／サランラップ／てんてん／あの子はきっと／透明／わかった／君と僕胸中／段階の階段／僕らの間／GO TO THE FUTURE／僕から糸／波紋

二〇〇六年

春の裏側／秋鳥と僕ら／インテリと煙り／寝癖／隣／ウォッチ／客観的イズム

ことば——僕自身の訓練のためのノート

2023年3月31日　第1刷発行
2023年5月17日　第4刷発行

著者　山口一郎

発行者　清水一人
発行所　青土社
〒101-0051　東京都千代田区神田神保町1-29　市瀬ビル
電話　03-3291-9831（編集部）　03-3294-7829（営業部）
振替　00190-7-192955

装丁　葛西薫　安達祐貴
協力　中島佑介

印刷・製本　双文社印刷

ISBN978-4-7917-7381-7　C0073
Printed in Japan